句集

My Way

マイ・ウェイ

小田桐素人

津軽書房

かりんの実無骨に生きて古希近し　素人

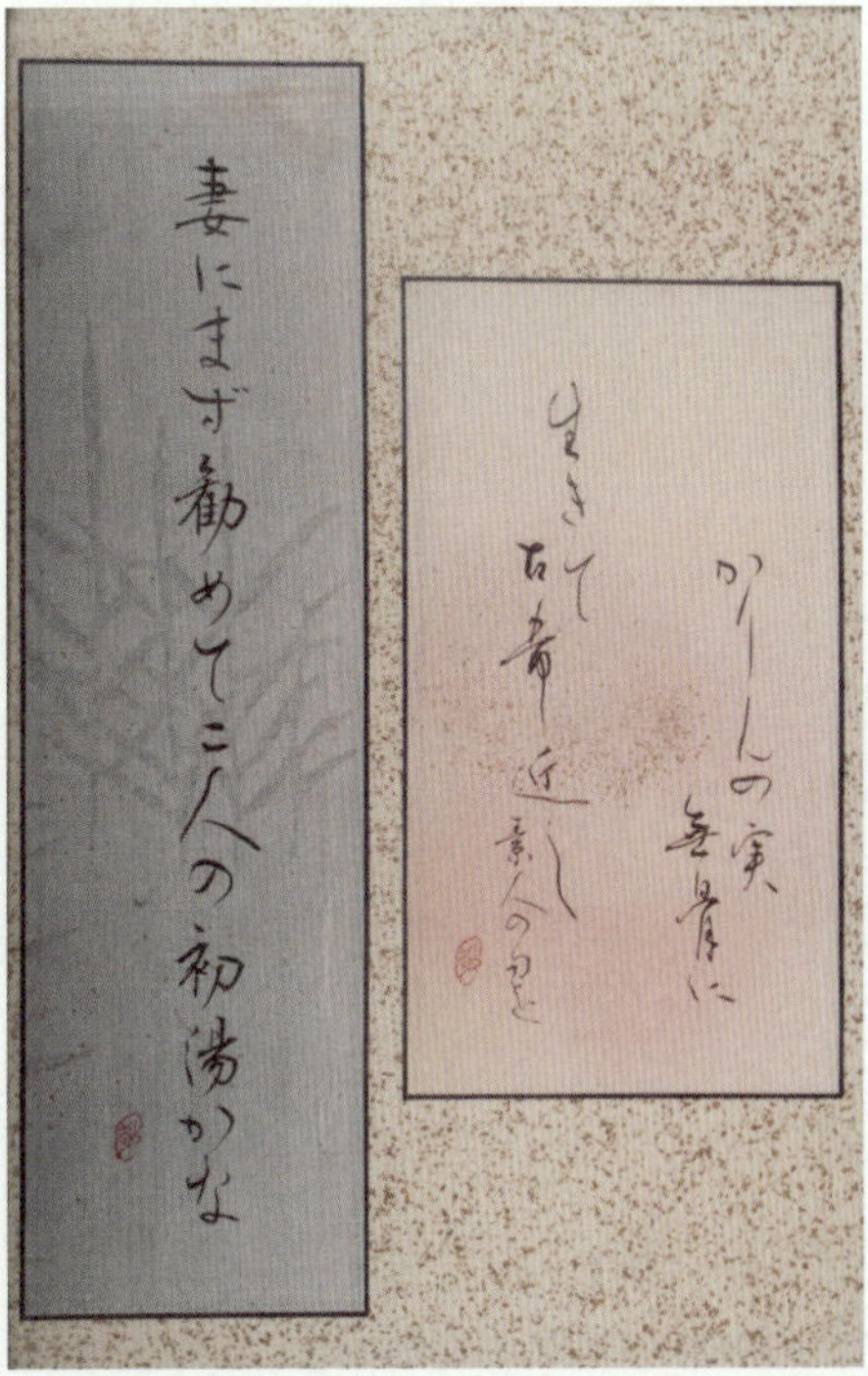

妻にまず勧めて二人の初湯かな　素人

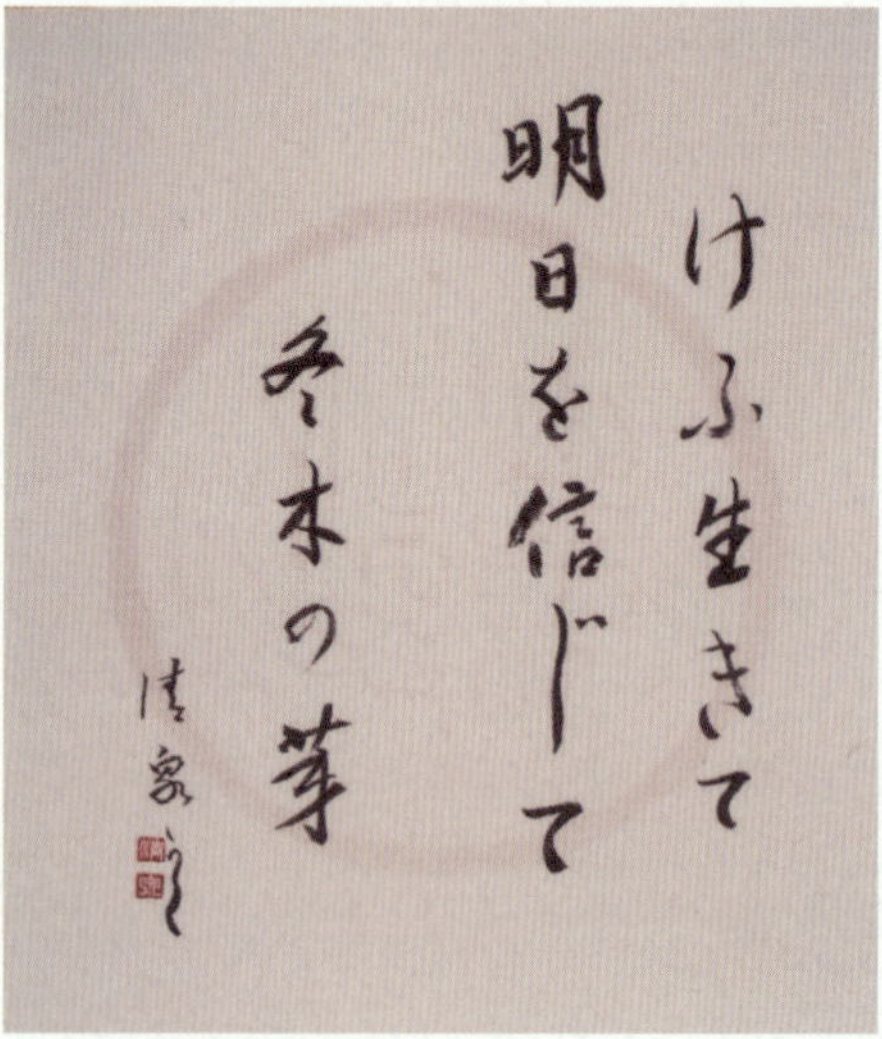

けふ生きて明日を信じて冬木の芽　素人

序

敦賀恵子
（「森の座」青森支部長）

俳号は終生素人獺祭忌　素人

小田桐素人氏は、四十代後半に職場句会で俳句を始めた。「無名子」の筆名で投句。その二カ月後に現在の俳号である「素人」に変更したのである。〝そじん〟と読むが普通の読み方は〝しろうと〟である。「無名子」にしても「素人」にしても、作者の謙虚さと風流な生き方にも通底した俳号ではないか。初めから飄飄と俳句に向き合い、その精神は常に正岡子規を学ぼうとしているようだ。

素人氏が本格的に作句活動をしたのは、平成九年からである。氏が六十二歳。定年退職後の自由な時間からの一念発起であろうか。新聞俳壇への投句、総合俳誌への投句などで入選を果たし自信を付けたのだ。選者のお一人であられた郷土の蛇笏賞作家・成田千空がいた。千空選に入選で採られた縁で平成十年「萬緑」に入会。欠詠することなく入会から平成十九年までただひたすら千空の厳しい選に堪えたのである。ここで培われた詩性は、素人俳句の基盤を成したと言っても過言ではない。

南無千空この秋晴が見えますか
千空の雨が待たるる青田かな

千空と言えば〈大粒の雨降る青田母の故郷〉を想起するが、その句を踏まえた雨の句に、千空への思慕が深い。

千空の後「萬緑」の選者交代があり、いよいよ素人氏の作品も磨かれ、四句入選が頻繁となった。特に今の「森の座」代表となった横澤放川選には注目された。それもこれも氏の持っている挑戦する前向きの姿勢にある。「全国大会」への応募で高得点者となり、「三十句特別作品」応募では、佳作や秀逸を得ている。毎月投句する五句の他、特別作品は未発表なので、数多くの作品を作らなくてはならない。その努力は大変なもの。即評価につながるからだ。氏はそれに認められ平成二十八年「同人」に推挙された。

よく年齢と共に感性が鈍ると聞くが、素人氏には通用しないようだ。否それ以上の努力家なのだ。時間をかけて学んだ詩性は、たやすく崩れないと氏は証明している。また、平成二十四年からＮＨＫ文化センター弘前教室の「俳句入門」講師を務め、現在に至るとあるが、教えることで学んでいるのだろう。

余命といふ大きな未来秋高し
戯れにかぞふる余命寒卵
掌にとれば命の湿り雪ぼたる
いかのぼり糸一本の命かな

「命」を俳句に詠むには大変な負荷がかかる。文字自体が重く響き、観念的になりやすいからだ。しかし、氏は初期の段階から自然体で無理なく作品化している。そこには自分の信じる実感と、普遍性を兼ね備えた表現力を身に付けているからだ。「いかのぼり」を仰ぎ見ながら、その糸に着目し、「命」と捉える慈愛に満ちた詩ごころに、人生がある。俳人としては遅い出発の氏であるが故、生きて来た証を大きく心に内包しているのであろう。

孫去りて風船一つ残りけり
風光る赤子手で泣き足で泣き
孫以外はその他大勢運動会

命を詠うのが難しいなら、孫を詠うのもまた難しいと言われている。「孫俳句」に名句なしとは昔から云云されていること。平たく言えば情が先走りするからであろう。愛情が溢れて詩的昇華まで、ほど遠くなるからだ。氏はそれらを弁えて〝もの〟に心情を語らせている。〈風船一つ残りけり〉の風船の存在が大きい。また〈孫以外はその他大勢〉と言う即物的表現も然りであろう。〈赤子手で泣き足で泣き〉の対象に迫る鋭い描写も、本質を見抜く眼差しがあるからだ。

がうがうと海へ堕ちゆく天の川
地球儀は汚れつぱなしや終戦日

俳句の根幹を成すのは写生である。写生はすべての芸術の出発点だと私は思っている。対象をそのまま写すと誤解されがちだが、そのまま写せるものではない。個人個人の美意識がそれに加わることで作品化される。写生を超えた発想、着想の新鮮さを、常に俳人は求められている。その点、掲出一句目の不思議な作品に瞠目する。きらきらとした感性に若さがある。可能性と言ってもよい。また二句目のナイーブな社会批判は、氏の真骨頂を発揮していよう。

銀河濃し賢治は畑に行つたきり
母在さば負うてもみたし啄木忌

二十数年も前だろうか。弘前のある俳句会で「ご主人はお元気ですか、私は工藤克巳さんと一緒の大学で学んだ、小田桐素人と言います」と声を掛けられた。長身でダンディーな素人氏を知った瞬間である。この縁で私に序文という大役が廻ってきた。宮澤賢治と銀河。石川啄木と、母を背負う短歌。共に日本文学を踏まえての作品に懐しい青春性がある。

煮凝や剥落目立つ夫婦箸
サングラス別の自分を連れ歩く
花薄海の上ゆく五能線
父の忌や父の匂ひの雪が降る
父の日や代りに叱る妻がゐる
驚くは人間ばかり威銃
大勢に紛れて独り夜の桜
冬帽を大東京に置き忘る
去年今年ゆつくり急ぐマイ・ウェイ
七日粥喜寿と傘寿のあはひにて

並べて見ると、なんと伸びやかな句風か。平明な中にも、こまやかな情感が漂い、それが個性的に輝いている。〝心のゆとり〟が根底にあるからであろう。――夫婦箸に見つける剥落――。それは夫婦の歳月までをも暗示している。――父の代りに叱る妻――。微笑ましい家庭環境に、作者は恵まれているのだ。ぽんと吐露された言葉に俳味があって、風流だなあと思う。「風流とは心の風通しのよいこと」と寺田寅彦が書いている。この余裕が傘寿を過ぎた素人俳句を支えているのだ。

「最初にして最後の句集です」と言うが、子供たちにとって親の句集はなによりの宝物となるだろう。

「マイ・ウェイ」を信じてこれからも歩んで欲しい。おめでとうございます。

平成二十九年青葉輝く日

句集 *My Way* 目次

カバー装画
佐藤柳逸

句集
My Way
（マイ・ウェイ）

第一章　鳥雲に（平成八年〜十三年）

白一色の山河美し大試験

鳥雲にこれが退職辞令なり

肩書のなき身の軽さ春の風

恙なく娘は初飛行春の風

吊り縄の緩みし松や涅槃雪

こだはりを三つ四つ持ちて多喜二の忌

みちのくは全き目覚め花りんご

はからずも花人となる上野かな

帰国の報吾子より届く初ざくら

陰日向なき児になれよ蕗の薹

母の忌のひつそり過ぎて草の餅

沈黙の声援矢場に風光る

メーデーや拳に続く青い空

老松に偲ぶ栄枯や花の城

平川・猿賀公園

代馬の消えて久しや津軽富士

日盛りに疲れ果てたる影法師

妻出勤夏手袋の手をあげて

馬の歩のフォックストロット風薫る

白南風にカッチョは解かず奥津軽

向日葵は祈りの姿勢大落暉

鬱の字をルーペで探る梅雨曇り

イギリス二句

その名よきグリーンパークの若葉かな

グラスゴーへ特急疾走麦の秋

コーヒーにミルク渦巻く原爆忌

星に希望繋げの訓へ草田男忌

悔いあるは生きてる証冷し酒

あけらかんとねぷた見てゐる平和かな

闇食らひ闇に息づくねぶたかな

赤蜻蛉手古奈の句碑の奈のあたり

赤い羽根小さき町の通行証

綿菓子に児の顔食はれ秋祭

細波を掬へば秋日零れけり

新米と知りたるあとの旨さかな

セーラ服胸低からず愛の羽根

幽なる秋の行く音花時計

かりんの実無骨に生きて古稀近し

余命といふ大きな未来秋高し

洗濯の小春の匂ひ畳みけり

アパートの小窓塞ぎて干大根

一水に彩を点じて落葉かな

平和といふことばの軽さ開戦忌

暖房や午睡分け合ふ母と子と

おでん食ふ愚直に生きる身の軽さ

懐手してゐるほどに策はなく

ずんずんと村を沈めて峡の雪

村人に紛れて夜の雪をんな

回覧は訃報一枚寒に入る

戯れにかぞふる余命寒卵

冬噴水日差しに力貰ひけり

師の俳話味読三度の懐手

厳父にも慈父にもなれず冬の月

鼻先に老いがこぼるる水つ洟

底冷えや廊下の長き湯治宿

掌にとれば命の湿り雪ぼたる

毒舌を吐きつ吐かれつ燗熱し

注連飾る終の住処と決めし家

世紀末てふ大不安初暦

妻にまず勧めて二人の初湯かな

第二章　晩学の窓　（平成十四年〜十六年）

空耳か軍靴の響き多喜二の忌

咲ききつて真砂女逝きけり梅の花

母が児の息継ぎ足して紙風船

囀りやふつくら焼けるハムエッグ

しやぼん玉大きく飛ばし内気な子

母の膝独り占めして春着の子

もうすでにねこを被りて仔猫かな

永訣や名残りの雁に闇深し

耳打ちの子の息柔し猫柳

耕運機の煙は吐息農重し

保存家屋の土間の黒艶亀鳴けり

友訪はな故郷訪はな春の土

小走りの母従へて入学す

春愁や色で仕分ける降圧剤

底無しの空の蒼さや春愁

人の世の組みつ離れつ花筏

茶事の刻豊かに流れ春障子

故郷は足裏に親し花茣

駅といふ雑踏が好き春の風

寝ねし児に矢車の音風の音

妻退職

職退きて旅また新た春の風

昔ここは馬糞街道春埃

師の句碑の文字おほどかに風五月

柔らかき雨降る津軽太宰の忌

黎明の清しきひかり蟬生まる

梅雨明けや洗ひざらしの津軽富士

かつと射す日矢にたぢろぐ原爆忌

プールあがる女肢体煌めかせ

たこ焼きのころころ生まる宵祭

晩学の窓に広がる夏の雲

小心の虫を叱りて雲の峰

見舞ふとて掌を握るだけ桐の花

人のことば犬は目で聞く麦の秋

つくづくと吾が痩身の裸かな

蓮巻葉虚空を握る力かな

酒少し眠りたつぷり生身魂

どの貌も一徹一途鮭遡る

蓮は実を飛ばし切つたる虚ろかな

みちのくの踊りは猛しどだればち

美田などもとより無くて露けしや

牧の牛石塊となる野分かな

大き掌の握る稲穂の軽さかな

図書館に老いの居眠り文化の日

朗報がやつてきさうな秋日和

蓑虫や寝ねよいねよと風の声

意地通すも生きる力ぞカンナ燃ゆ

一穢なき空を映して水澄めり

未来ありと詠みし草田男処暑の海

海に出て色なき風は海の色

師の慶事また一つ増え豊の秋

仕舞湯の妻に足し遣る柚子一顆

大学講師

シェリーの詩句で始める講義今朝の冬

一葉忌老舗茶房の古時計

煮凝や剥落目立つ夫婦箸

雑踏にまぎれて勤労感謝の日

山の霊気たつぷり集め滝氷柱

葉牡丹や日差し吸ひ込む渦の彩

傍らに妣もきてゐる日向ぼこ

茎漬や石が鍛へし婆の腰

志学の道茫々として冬木立

雪しまく駅に降り立つ旅鞄
しんしんと夜は更け雪はのんのんと
冬帽子とりて饒舌戻りけり

五所川原・師弟句碑

雨霰は先師の叱咤句碑除幕

けふ生きて明日を信じて冬木の芽

待春や握れば返す病臥の掌

蓮枯れて根に渾身の力瘤

点滴に古稀をあづくる冬の月

湯豆腐や親子の会話ももやもやと

厠窓から天下を覗く雪の朝

干支五度巡りし妻や初鏡

ひととせの重さずしりと初暦

初刷や真つ先に見る文芸欄

蓬莱といふ名の広場初雀

炊煙の朝日と遊ぶ二日かな

第三章　子は母に　（平成十七年〜十九年）

白神の空押し上げて山毛欅芽吹く

乱数表めく掲示板合格す

少年の空よみがへる唸り凧

春の海入日赤々湘子逝く

囃されて嬰児の一歩のどけしや

無職といふ自由に倦みて日の永き

緊張は決意のあかし新教師

読み聞かせの声音七色百千鳥

四月馬鹿噓もつけずに老いにけり

句集届き一気に開く桜かな
藤田枕流句集「古希」

七重八重花咲く津軽子は母に

さくら季さくら色して友の骨

花歳々学舎跡に明治の碑

百余歳の花は万朶の大樹かな

高台寺

みなそこは花の浄土や水鏡

ずんだ餅の緑鮮やか春の風

初夏や而立の子らの同期会

水打てば路地は夕暮カレーの香

黙祷の胸に湧きくる蝉時雨

故郷の門川疾る涼しさよ

黒板背に立ちて七十路鉄線花

壕は闇ハイビスカスは地に燃えて

「母」の辺にすがる空蟬千空碑

旅行生薄暑の街に地図ひろげ

みどり児の小さき大の字合歓の花

なぞり読む句碑のぬくもり草田男忌

多産なる草田男の夏忌に集ふ

ジーパンもほどよく似合ひ妻の夏

贈られしシャツ着て父の日の街に

酌むほどに師は活きいきと夏の句座

祈る人の影地に焼けて長崎忌

釣竿が大きくしなふ雲の峰

おほとりは母校の徽章雲の峰

北の街空を低しと立佞武多

灯を消してより夜長のしみじみと

嵯峨野路の大寺小寺秋時雨

遺句集に燈下親しき浄机かな

ヒロシマに続く忌ふたつ秋暑し

嫁ぐ子と囲む食卓豊の秋

ふと秋思娘の婚約のめでたさに

秋天に見事に決まるマスゲーム

星飛んでいつも何処かで戦あり

わけもなく明日を信じて吾亦紅

新米や湯気の向かうに母がゐる

混浴と大書の足湯秋うらら

婿と酌むうれしさに酌む秋の夜

がうがうと海へ堕ちゆく天の川

声あげて銀座に仰ぐ今日の月

鬼ひとり残して釣瓶落しかな

うつすらと妻のマニキュア菊膾

古里の日差し煮詰めて蜜林檎

硯海に水足す妻の夜長かな

村の灯の点りて暗し星月夜

白息の棒となりたる輓馬かな

手話といふ声なき会話冬ぬくし

熊皮の威を張る横座またぎ飯

侘助や方丈緊むる茶事の黙

湖の面を統ぶる残照枯尾花

一葉忌「そして」でつなぐ児の作文

気がつけば婦唱夫随の煮大根

娘挙式三句

嫁ぐ子やまぶしきほどの白障子

心地よき大事の疲れ室の花

旅終へて胃の腑に親し根深汁

枯蟷螂鎌振りかざす一揆の碑

初雪や音なき音を重ねつつ

厳寒やきりきり赤き鳩の足

添書きの一句うれしき賀状かな

濁声のきふは親しき初烏

足るを知る姑を囲みて小正月

第四章　記念樹　（平成二十年～二十二年）

海鳴りや立志のなりに松の芯

記念樹は孫四歳の芽吹きかな

水攻めにまんまと泥を吐く蜆

霊柩車に遇ふ二二六の街角に

後悔は先に立たずと亀鳴けり

凍解やめつきり増ゆる嬰のことば

街さらふ岩木颪や納税期

亀鳴くや千空大人とこしなへ

皮算用してみる余生萬愚節

いかのぼり糸一本の命かな

小さき児の仕切る乾杯山笑ふ

身も心も花に弾みて万歩かな

不惑の子に不惑のひひな飾りけり

オートピアノに躍る鍵盤春うらら

旅立ちや春暁の駅動き出す

近所のご夫婦

試歩の夫に付き添ふ妻に風は春

東京の孫は物知り葱坊主

孫去りて風船一つ残りけり

さくらさくら孫は園服一年生

記念碑は校史の重み青嵐

切子には辛口がよし冷し酒

尺蠖のけふはどこまで行くのやら

羽抜鶏モディリアーニの女首長し

子規庵は明治の匂ひ夕薄暑

老々介護路地にゐすはる暑さかな
部活の子ひかがみまでも日焼けして
老ゆるほどに母鮮しく母の日は

どつしりと無人に耐へて梅雨生家

ビル群に足踏んばつて虹の橋

六月の山を背負ひて足湯かな

夏空に放つブーメラン子ら遠し

サングラス別の自分を連れ歩く

豆飯やいづれは一人となる二人

茗荷の子酢醤油匂ふ夕厨

串焼きに地酒加はる鮎の宿

スニーカーにリュックの婆さま風五月

大夕焼十二湖キャニオン発光す

父の日や試し書きする遺言書

地曳する淋代の浜山背吹く

息を詰め一茶の蝿を叩きけり

ぼうたんやしばし思案の花鋏

護憲ビラ壁に色褪せ秋暑し

紙ヒコーキ行方知れずに終戦忌

渇筆の軸の一字や涼あらた

マニキュアがぐさりと桃の皮を剥く

爽涼やかな文字躍る太極拳

雲蹴つて赤ん坊泣く空は秋

笑む孫の写真に「おはよう」小鳥来る

岩木嶺は霜降り模様鳥渡る

まるめろをがぶり齧りて反抗期

民兵めく闇の棒稲架閧の声

逡巡の一服長し松手入れ

新酒酌む琉球グラスは海の色

聞き返しでつなぐ語らひ地虫鳴く

墓詣本家分家の石の丈

日に四度目薬さして秋深む

横文字の新渡戸の遺墨秋深し

花薄海の上ゆく五能線
秋の空家出するごと旅にでる
南無千空この秋晴が見えますか

十一月の空がキャンバス鳶の輪

十二月八日の茶房ジョン・レノン

酔ひざめの胃の腑励ます寒の水

冬ともし浄机に起こす追悼稿

瞑ればば笑まふ千空冬の虹

括らむと抱くや枯菊匂ひ立つ

父の忌や父の匂ひの雪が降る

食卓でものの書く妻の冬灯

熱燗にアインシュタイン舌焼きぬ

ざくざくと軍靴の音や霜柱

寒星や葉書で足るる訃の軽さ

身の丈を生きし父の忌深雪晴

大方は婦唱夫随や日向ぼこ

防空壕は死語にあらざる鎌いたち

京都・高桐院

ガラシャ夫人の墓所天蓋の冬紅葉

掛軸は瑞雲の富士鏡餅

初暦めくれば走り出すねずみ

大学ノート五十冊目や初日記

ゆつくりと町動き出す二日かな

人日の音噴き零す炊飯器

海越えてローマ字・英語初メール

読初は幼なと開く絵本かな

新春の楽総身に大ホール

姑囲む六十路七十路女正月

第五章　豊の秋（平成二十三年～二十五年）

裸婦像の胸にこんもり春の雪

童心が風に膨らむ凧日和

風光る赤子手で泣き足で泣き

天上へ実兄義兄急ぐ春

春愁や鬱の字画に迷ひ込む

命日の母と分け合ふ草の餅

田打桜津軽はどっと動き出す

亡き人に仰山遭うて大朝寝

掃除機が妻の後追ふ日永かな

一羽発ち二羽たちどつと帰白鳥

母の忌や生家に残る燕の巣

子は異国へさらりと発てり鳥雲に

英語検定退任

振り返るや凪の海あり鳥雲に

逃げ水や故郷遠くなるばかり

囀りに聞き惚れてゐる鴉の眼

にこにこと来し方捨つる姑の春

トンネルの打音診断山笑ふ

妻の名は片仮名三文字昭和の日

羅和辞典に探す「コンクラーベ」春夕べ

千空の雨が待たるる青田かな

土用鰻たつぷり食べて兜太壮ん

近付くや赤の他人のサングラス

ハモニカの昭和洩れくる青簾

鳶職人空を小走り雲の峰

湘子の沖草田男の沖雲の峰

ゴルファーの臍出しルック雲の峰

鴇色に染まるカーテン明易し

白南風や孔雀一声透き通る

受付嬢のマニキュア真赤熱帯魚

文人の碑立てて黴の宿

草田男の色紙に替へて暑に対す

冷し酒大言壮語聞く羽目に

父の日や代りに叱る妻がゐる

唖蟬のおろおろ歩く老の庭

NHK文化センター弘前教室

小句集は新たな一歩風薫る

己が娘と識らざる母へカーネーション

胸張りて虚勢丸見え羽抜鶏

子の町へ家出する妻五月晴

五月歌舞伎孫七歳の名をつらね

薄明や孜々粛々と蝉の羽化

たっぷりと牛の乳飲む今朝の秋

神木にみくじの花や小鳥来る

寡黙なる人と見てゐるねぷたかな

武者佞武多闇に切つ先突き立てて

防犯カメラじつと見てゐる秋暑かな

「平川」は市の名川の名稲の花

かなかなや喪服に払ふ浄め塩

父母に加へて兄に茄子の馬

青池は瑠璃の雨降る水の秋

鷲くは人間ばかり威銃

受賞者の経歴読むも文化の日

放屁虫触らぬ神に祟りなし

雑魚たちの雲に乗りきる水の秋

山に山山にまた山空澄めり

望郷碑はああ上野駅鳥渡る

故郷の白壁土蔵白い秋

山頭火ひよっこり出さう秋の山

偕老や終の住処も古りて秋

時々はぐにやりと曲がる雁の棹

稲架日和岩木三峰雲置かず

豊の秋ずしりと句集届きけり

梵鐘の一打一韻秋の声

俳号は終生素人獺祭忌

紺碧を湛ふる一湖秋の山

一茎に黄菊千花の驕りかな

秋風に染まりて白き孔雀かな

鵙鳴くや小首もたぐる踏まれ邪気

銀河濃し賢治は畑に行つたきり

崩落の傷もあらはに山粧ふ

祓はれて祝がれて喜寿の温め酒

秋刀魚食べ平均寿命真つ只中

ジャングルジム風を遊ばせ冬に入る

寒の入り檄文並ぶ学習塾

南無千空冬の津軽は淋しいです

岩礁を呑みては吐きて冬の波

白鳥の水面を離るる重たさよ

寝静まる鴉の塒冬の月

もつこ来るぞ泣ぐな泣ぐな虎落笛

着膨れて少し優しくなりし妻

ぶらぶらと無用の用や街師走

鉢花と寒九の水を分け合へり

北風吹くや街に選挙の声尖り

地吹雪や目出し帽より獣の眼

一羽きて二羽きて三羽初雀

第六章　マイ・ウェイ　（平成二十六年〜二十八年）

建国日傾ぎしままの野次郎兵衛

剪定夫矯めつ眇めつ空鋏

抽出に子らの臍の緒鳥雲に

白銀の山巓指呼に春田打つ

大勢に紛れて独り夜の桜

部長座りし辺りが上座花筵

春昼や無聊の猫の大欠伸

孫は早や少年の顔つくしんぼ

娘の歳を生きて雛も恙なく

春宵一刻サウナに小さき砂時計

母在さば負うてもみたし啄木忌

吾と知らぬ姑と眺むるさくらかな

春の水水切り石の音光る

立子の忌小町通りを寿福寺へ

啓蟄や胃の腑弄るカメラの目

エコー検査の影が蠢く春の闇

砂時計天地返しの春の夢

春の湖傾げ漁る鋤簾舟

さくら散る茶毘の読経の静けさに

鷹鳩と化しておれおれ詐欺師かな

本当を言うてゐるのに四月馬鹿

りんご咲き津軽は津軽らしくなり

昭和の日征男征子も老いにけり

余寒なほ喪服に残る浄め塩

降り止まず津軽は春の雪五尺

彼岸此岸あはひの小窓春の雪

てんでんに春を眠りてぢぢとばば

いななきの耕馬はるけき昭和かな

未来図はぐにやりと曲がり陽炎へり

風五月五年旅券更新す

鷲づかみに乳飲む赤子聖五月

かんばせのみな美しや庭花火

かな書きの便り児に出す涼しさよ

帰省の子戻るも発つも淡々と

鯖ねたに残る流紋海の色

夏鶯正調破調啼き交す

街覆ふ夏霧樺美智子の忌

昭和匂ふスタンドバーや太宰の忌

青春とは一と夜の花火高く咲け

青春のペンギンブック黴の書架

森動くと叫ぶマクベス夜の新樹

鬼才ふたり修治・修司や青嵐

白日傘ひとりの世界かざしゆく

夏祭ラムネの瓶に透く昭和

かりかりとバケツをよづる夜の蟹

町薄暑へそ出しルックもう出たか

三門や阿吽二像の大素足

螢舞ふ壷中さながら峡の村

人の世とほどよき間合ひサングラス

母の日や母似と言はれ八十年

夭折の教へ子いくたり浮いて来い

炎天に鳩を放ちて祈りの日

真綿攻めさるる九条雲の峰

麦熟れて糟糠倶に五十年

炎天や三途の川も水乾き

鱒二忌はわが誕生日八十回

九条説く白眉涼しき元首相

プラカードは兜太の大書デモの夏

傘寿とはこんなものかや心太

百歳の姑に歌あり合歓の花

萬緑同人に

朗報はずしりと重し雲の峰

ランプの宿昔の闇に螢舞ふ

折鶴は祷りの化身原爆忌

御神水とて街の要の泉湧く

半跏趺坐組み直す子ら堂涼し

しなやかにコスモス風を押し返し

佞武多三句

ねぷたねぶたみちのく津軽の闇深し

満を持して仮眠の佞武多鬨を待つ

雄叫びを闇に奮ひて武者佞武多

いつの日か焚かるる門火たきゐたり

妻子ゐて孫ゐる余生ちんちろりん

地球儀は汚れつぱなしや終戦忌

養生訓は馬耳東風と生身魂

満月がぐつと近づく肩車

年金の有無なき減額秋刀魚焼く

妻三こと吾は一と言夜長し

さくさくと梨剥く妻の掌は涼し

ミルトンを翻りしむかし林檎噛む

曳屋待つ天主泰然園は秋

魔術師めく手話通訳の爽やかに

釣瓶落しかつと目を剥く仁王像

一つ時も面輪くづさず菊人形

八月や緩む靴紐締め直す

孫以外はその他大勢運動会

刈り取られ四角四面の田に戻る

莞爾の顔紙面を飾る文化の日

水切り石八艘跳びや天高し

太梁は百代の重みおけら鳴く

残生の今を生きよと鉦叩

糸薄どつこい姑は白寿なり

秋晴れや藍色深きこぎん刺し

どやどやと残暑引きつれ吾娘一家

何となく拾うて捨てて木の実かな

老い支度妻に急かさる石蕗の花

山焦がす真紅の落暉憂国忌

津軽野は風の踊り場氷餅

真顔とも惚け顔とも寒鴉

十万石城下響動もす冬花火

小走りの妻の師走となりにけり

雪吊りや竜鱗鎧ふ松大樹

寒の駅異土に発つ子の肩の張り

葉牡丹や身の丈を生き恙なし

銘柄米焚きて勤労感謝の日

鳥声も入れてスナップ七五三

寂しき町十一月の影連れて

十二月八日のラジオをつけてみる

慇懃講そろそろ崩る年忘れ

裸木は静かに世事を受け流し

日脚伸ぶ手挽のコーヒーミルの朝

挨拶の重くなりたる雪の嵩

きりきりと葉牡丹日和賜りぬ

とつくり着てモディリアーニの首になる

冬帽を大東京に置き忘る

蓮枯るる潔しとも無残とも

沈黙は無言にあらず冬の山

父の歳過ぎて父知る年の暮れ

冬残月空の青さに透き通る

去年今年ゆつくり急ぐマイ・ウェイ

熱燗や当直室の教育論

みちのくの空一枚の冬の雲

新春の日矢あかあかと陸奥の海

来るはずのこぬが気がかり年賀状

福笑ひ写楽ピカソの度肝抜く

七日粥喜寿と傘寿のあはひにて

住み旧りしわが家わが町初景色

いくさあるなの兜太の一句淑気満つ

瑞雲の不二の一幅明の春

あとがき

去年今年ゆっくり急ぐマイ・ウェイ

掲句は「萬緑・平成二十五年度第四十二回特別作品」秀逸に入選した『マイ・ウェイ』三十句の中の一句です。今回の句集名はこれを英語書きで使用することにしました。また句中の「ゆっくり急げ」（＝「Festina Lente」）は私の好きな銘でもあります。日進月歩の、忙しない現代社会には似つかわしくないことかも知れませんが、それだからこそ逆説的とも思えるこのスローライフの持続性のある生き方が好きです。

「萬緑」に入会してもう二十年にもなりますが、実にゆっくりの、「マイ・ウェイ」そのものです。その間作品の巧拙はともかく一回の欠詠もなかったことは当然のことながら、よかったと満足しています。

そもそも私の俳句の一歩は高校の職場俳句会「おうよう句会」から始まりました。

仕事に追われながらの一カ月五句出句に、代表を悩ましたことを思い出します。

この様な状況の中で大きな転機のきっかけとなったのは、平成八年六月の新聞俳壇「青森文化」の一句が故千空師選の天位入選し、丁寧な講評を頂いたことでした。初投句者を叱咤激励しての先生のご選だったと思いつつも、欣喜雀躍したことを思い出します。

鳥雲にこれが退職辞令なり

（千空師評――永年働いてきた職場もいちまいの退職辞令でおしまいとなった。「これが退職辞令なり」ということばに、サラリーマンの感慨がある。……）

これを契機に平成十年には「萬緑」に入会し、師のご逝去までご指導を頂くことになります。更には奈良文夫氏、横澤放川氏のご選に与り、今年三月「萬緑」終刊後は新結社「森の座」へと引き続き参加することになりました。

「萬緑」入会後駄句量産の日々ではありましたが昨年思いがけず同人に推挙頂き、ただただ恐縮し、関係者の皆様には感謝の言葉もありません。日数が経つにつれてその荷の重さをひしひしと感じております。

これを機会に、俳句に生きてきた証として自句のアンソロジーとして句集を編むことを決意しました。これが最初にして最後の素人句集になることは疑うべくもありません。

本句集『*My Way*』は「萬緑」をはじめ、地元句会および新聞・雑誌俳壇で発表した平成二十八年までの約二千句余の拙句の中から自選、四九七句を詠出年代順に六章に分けて収録したものです。各章は三年間を単位に季節（春、夏、秋、冬および新年）ごとに六章に纏めたつもりですが三年単位や季節毎などの制約のため、句の時期と配列順に不一致があります。（例えば前年の冬の句が翌年の春の句の後に置かれています。）どうかご寛容の程お願いします。また、抄出句を改めて読み返す時、句作の思い出とともにその拙劣さに忸怩たるものがあります。

俳句は何を詠い、何を求めるか。素人（しろうと）である私ごときには答の出ない難問です。ただ千空師の言葉の端々から想像するに、俳句は物・事への「愛の眼差」に根差した文芸的表現活動であるようです。自然であれ、人間であれ、社会事象であれ、その対象を愛しむ心が俳人には求められているようです。また、更には水原秋桜子、藤田湘子を俟つまでもなく、詩である俳句には叙情性とリズム・調べの裏打ちが必要であると師は説きます。それは俳句の風味（俳味）・風姿（句姿）に繋がります。遠くは芭蕉も言っています、「句調はずんば舌頭に千転せよ」と。師の次の代表作はその全てを語っています。

大粒の雨降る青田母の故郷　千空

内容にふさわしいリズムを持った句、口誦性と叙情性のある作品を一句でも作りたいと思い、主観写生を基軸にした、いわゆる斎藤茂吉の「実相観入」へと一歩でも近づけたらと願っている次第です。

この句集を編むにあたり多くの方々のお力添えを頂きました。特に「森の座」青森支部長敦賀恵子様、津軽書房代表伊藤裕美子様には殊の外お世話になりお礼の言葉もありません。またその他に、多くの先輩俳人、句友及び地元俳句会（「おうよう」、「黒高」および「未来」）の皆さまにこの場を借りて改めて感謝いたします。

更には表紙カバーに、現画壇においてご活躍の美術家佐藤柳逸先生の作品を飾ることができたことに、心より感謝申し上げます。また口絵の額装写真は教え子グループから贈られたものです。感謝を込めて掲載することにしました。

この細やかな一冊が上梓される頃は、多分収穫期の近づく仲秋、子規忌前後になるかと思います。俳号は終生素人。今しばらく素人と同行二人の俳句の旅を続けていくつもりです。今後ともよろしくお願い申し上げます。

平成二十九年六月

小田桐素人

著者略歴

小田桐素人《おだぎりそじん》（本名・清美）

昭和10年(1935)　青森県尾上町（現・平川市）に生まれる

昭和33年(1958)～平成７年(1995)　中学校・高等学校教諭

平成８年(1996)～17年(2005)　高等学校・大学非常勤講師

平成10年(1998)「萬緑」に入会。

平成28年(2016)「萬緑」同人。

平成29年(2017)「萬緑」終刊に伴い「森の座」に入会。

現在、NHK文化センター弘前教室「俳句入門」（グループ・萌）講師。

俳人協会会員。「森の座」同人。

「森の座」、「未来」、「おうよう句会」、「黒高句会」に所属。

現住所

〒036-8141　青森県弘前市松原東１丁目16の16

電話　0172-35-1535

句集
My Way
（マイ・ウェイ）

平成29年（2017）9月20日発行

著　者　小田桐素人

発行者　伊藤裕美子

発行所　津 軽 書 房
〒036-8332 青森県弘前市亀甲町75
電話 0172-33-1412　FAX 0172-33-1748

印刷所　ぷりんてぃあ第二
製本所　エーヴィスシステムズ

ISBN978-4-8066-0238-5